Felices y Coloridos Sueños, Señor

Masoud Shakarami

Traducción:

Mario Fernández Carrascosa

PRAHRAN
Publishing

Esta primera edición fue publicada en Australia en 2018
por:

Prahran Publishing
P.O. Box 2041, Prahran, Victoria, 3181
© Masoud Shakarami, 2018
Masoud Shakarami ha afirmado su derecho legal y moral
bajo la ley de Derechos de Autor de 1968 para ser
identificado como el autor de este trabajo.

Publicado mediante acuerdo con Pahran Publishing,
Australia

ISBN 978-0-648-2040-2-2 eBook
ISBN 978-0-648-2040-6-0 Edición de bolsillo

NATIONAL
LIBRARY
OF AUSTRALIA

A catalogue record for this
book is available from the
National Library of Australia

Felices y Coloridos Sueños, Señor

Masoud Shakarami

Este libro está dedicado a mi querida madre
Nahid Mobasheri

No hay barreras entre amante
y amado;

la barrera se encuentra en
ellos mismos

Hafez, aléjate

Premios y nominaciones:

2016:	Mejor actor iraní del año (nominado)
2016:	Mejor dramaturgo, Festival Internacional de Teatro Fajr, 1° puesto
2013:	Mejor dramaturgo, Festival Internacional de Teatro de Hamadán, 2° puesto
2011:	Mejor dramaturgo, Festival Internacional de Teatro de Hamadán, 3° puesto
2010:	Mejor actor, Festival Nacional Iraní de la Juventud, 2° puesto

http://masoudshakarami.actor

Sobre el autor

MASOUD SHAKARAMI, el dramaturgo y su obra Felices y Coloridos Sueños, Señor.

Masoud Shakarami (Teherán, Irán, 1986) es licenciado en Literatura Dramática. Ha trabajado como dramaturgo, actor y director desde 2006, ha sido nominado y ha ganado diferentes premios como dramaturgo y actor.

El trabajo de Masoud se ha centrado en la mitología y su literatura.

> "Creo que mi obra merece ser valorada y tomada en consideración por cualquier interesado en las historias de amor orientales. Todo trata del amor. El amor oriental es extraño y doloroso y su filosofía consiste en soportar el dolor de una separación y entregar todo al amante, incluso la vida."

Introducción

Felices y Coloridos Sueños, Señor es un reflejo dramático de la calidad y características de la lírica clásica persa. La obra se basa en el contenido y estructura de un poema lírico. *Ghazal* (palabra persa para poema lírico) significa hacer el amor y conversar con la persona amada utilizando un lenguaje romántico y engrandecido. Este tipo de poesía surgió en la literatura iraní entre los siglos X-XI y alcanzó su plenitud durante los siglos XIII y XIV, de la mano de tan admirados poetas como *Saadi y Hafez*.

Un *ghazal* consta de entre 10 y 15 versos, cuyos contenidos y significados son completos e independientes entre sí. Uno de los aspectos más relevantes de los *ghazal* es que comparten temáticas comunes y repetitivas, tales como:

El amante (el "IMPEDIDO" en la obra):

Generalmente, un hombre débil y languideciente que, por el contrario, es capaz de hacer cosas asombrosas: puede cambiar el orden del universo, mover montañas y llevar a cabo prácticamente cualquier cosa, pero únicamente si su amada así lo desea. Su única debilidad es en sí el amor, pues es dolor lo único que de él obtiene. Cuanto más se enamora de su amada más se aleja de su verdadero ser, hasta que pierde por completo su identidad.

La amada ("NEGAR" en la obra):

Negar es un nombre persa comúnmente usado en la lírica iraní para referirse a la amada, y es a su vez un nombre romántico de mujer. El fin primordial de la amada es seducir al amante. Ella es la razón de su dolor. No obstante, empatiza con él y se compadece. Es complicado...

El amor:

La relación entre el amante y la amada está repleta de complicaciones. A esta profunda e intrincada relación se la denomina amor. En la lírica persa clásica, amante y amada nunca se unen realmente, ya que el amor solo es amor en la separación y carece de sentido físico. Por otra parte, el poema no ofrece razón de esta separación y, por supuesto, nadie la busca.

Existe la firme convicción de que el amor en la poesía iraní es un símbolo de amor superhumanista entre Dios y el hombre, y de que nadie puede llegar a Dios si no es fundiéndose con Él. Si se observa desde una visión humanística, parecerá una verdadera tragedia, pero para un místico es toda una expresión de alegría y felicidad: una complejidad espiritual.

Información insuficiente:

En un *ghazal*, el poeta nunca ofrece información completa al lector por razones tales como las siguientes:

En primer lugar, se entiende que el lector es en sí mismo una persona enamorada y que conoce todo lo necesario para comprender los versos. Por tanto, no hay necesidad perder el tiempo con explicaciones (quizá también por razones de economía lingüística, debido al límite de entre 10 a 15 versos).

En segundo lugar, el lector, además de estar enamorado es una persona soñadora y visionaria, capaz de rellenar espacios en blanco rápidamente. En otras palabras, se entiende que el lector es un artista creativo y no un niño que se contenta con escuchar un cuento antes de irse a dormir. Es el lector quien, dado su poder creativo y de imaginación, debe contemplar el poema, iluminar sus puntos más oscuros e interpretar los símbolos y metáforas por sí mismo: un *ghazal* es un poema para la creación, la imaginación, la filosofía y la interpretación. Cada vez que lea un *ghazal*, comprenderá y se maravillará con la belleza de tiempos pasados.

Una vez dicho esto, esta introducción no es una clave para comprender la poesía persa, sino una aclaración para asimilar la obra con más facilidad.

Solo hay una forma de comprender un *ghazal*, y no es estudiándolo durante años ni vistando diferentes países o siéndonos familiares grandes poetas. Para comprender un *ghazal* basta con beber vino y ENAMORARSE.

~Masoud Shakarami

PERSONAJES

IMPEDIDO: Un atractivo joven incapacitado

NEGAR: Una mujer joven y hermosa.

CHAMÁN: Un anciano místico.

COCINERA DE GALLETAS (C.G.):
                     Una anciana cocinera de galletas mágicas.

PARIA: Una mujer joven.

AMIGO: Un joven audaz.

ESPOSA DEL AMIGO:
                     Una joven cínica.

CHICA: Una joven inocente.

SIGUIENTE CHICA:
                     Otra joven inocente.

3 hombres + 6 mujeres

Acto I

E S C E N A 1

Después de un funeral todos los personajes [Impedido, Chamán, Cocinera de Galletas, Amigo, Novia del amigo y Paria, junto a otra gente) están comiendo. Todos visten de negro.

AMIGO: Creo que es la muerte más absurda que nunca he visto.

CHAMÁN: Te equivocas.

AMIGO: No. En serio, ha sido la muerte más absurda que jamás haya visto.

C.G.:   Un poco de respeto, por favor.

AMIGO: Vale. Pero admítelo, fue una muerte muy extraña.

CHAMÁN: No lo fue.

AMIGO: ¿Qué no lo fue? Alguien se ha muerto de felicidad… ¿No es eso sumamente extraño?

CHAMÁN: Cometió semejante locura después de que Paria lo dejara, así que no fue tan raro que muriera de felicidad cuando ella volvió.

C.G.:   ¿Podríais hablar de otra cosa?

AMIGO: Por mí, lo cierto es que no.

CHAMÁN: También creo que deberíamos
                   cambiar de asunto

AMIGO: No dejaré de darle vueltas, así
                   cambies de tema.

ESPOSA DEL AMIGO:
                   ¿Quieres dejar de hacerlo, por favor?

AMIGO: Claro, alguien se da cuenta de que,
                   después de tres años, su amante
                   (señala a Paria) vuelve de su viaje...

C.G.:   *(Lo interrumpe)*. ¿Por qué no sigues
                   con tu discusión en tu casa?

AMIGO: ¿Por qué insistes en que dejemos de
                   discutir?

CHAMÁN: *(Algo enfadado)*. Porque esperamos
                   que entiendas que esta mujer
                   (señalando a Paria) y el resto de
                   nosotros estamos de luto.

PARIA: *(Sollozando)*. Deja que siga, Chamán.
                   AMIGO: No pretendía herirte,
                   Paria.

PARIA: Mi pena es mucho mayor que esa.

ESPOSA DEL AMIGO: Discúlpame también.

PARIA: No hace falta. Pero, ¿no crreis que es
                   demasiado pronto?

CHAMÁN: *(Sarcástico)*. Sí, también pienso que
                 solo dos horas después del funeral
                 es un poco pronto.

AMIGO: Pido disculpas de nuevo.

Todos continúan comiendo en silencio; Paria llora.

C.G.:   *(Intenta cambiar el estado de ánimo
                 con alegría)*. Tengo una sugerencia.
                 ¿Os gustaría que olvidáramos esta
                 situación? Podríamos volver a ser
                 como éramos antes.

CHAMÁN: ¿Por qué no? La pena y la tristeza
                 se están convirtiendo en una
                 apariencia. *(Silencio)*. ¿Había alguien
                 en esta isla sentido algún tipo de
                 pena o tristeza antes? *(Todos niegan
                 haberla sentido)*. Entonces, ¿por qué
                 no me creéis cuando digo que no
                 debería haber en absoluto ni pena
                 ni tristeza?

AMIGO: No tenemos problema con eso,
                 pero...

Todos miran a Paria, que está llorando.

CHAMÁN: *(Sin saber qué decir)*. Bueno... Eh...
                 A ver... Creo que solo hay un
                 pequeño problema.

PARIA: No es un pequeño problema.

CHAMÁN: Sí. Tienes razón. No lo es… Pero hay
                         que hacer algo al respecto… *(Paria*
                         sigue llorando).

IMPEDIDO: *(Que había estado comiendo en silencio*
                         desde el principio). Paria.

PARIA: ¿Sí?

IMPEDIDO: Suelta tu pena y tu tristeza y no
                         llores más.

La gente de esta isla te necesita, ¿no crees?

PARIA: Sí…

IMPEDIDO: Entonces deja de llorar y seamos
                         todos felices de nuevo.

PARIA: Vale… Está bien.

IMPEDIDO: Gracias.

PARIA: *(Sonriendo)*. Muy atento
                         por tu parte, Impedido. Estaba
                         sintiéndome realmente mal.

IMPEDIDO: No hay problema.

PARIA: C.G., ¿puedes hacernos galletas esta
                         noche para que celebremos y así
                         olvidar nuestra pena y tristeza?

C.G.:	Claro. ¿Qué tipo de galletas querríais?
CHAMÁN:	Galletas de nueces.
AMIGO:	Galletas de coco.

ESPOSA DEL AMIGO: Yo prefiero una galleta simple.

PARIA:	Estoy de acuerdo con Chamán: galletas de nueces, por favor.
IMPEDIDO:	A mí me gustan las galletas de almendras.
CHAMÁN:	Entonces, tomaremos galletas de almendras esta noche.
C.G.:	*(Riéndose de Chamán)*. No creerás que haré galletas de nueces solo para ti, ¿verdad?

Todos ríen.

Anda, termina tu almuerzo. Tenemos que prepararnos para esta noche.

PARIA:	*(Sonriendo a Impedido)*. Me hubiera gustado que me consolaras antes. Esataba abrumada por su muerte. Perderlo ha sido muy difícil para mí.
IMPEDIDO:	*(Riendo de manera solemne)* No. Necesitábamos algo de tristeza.

Todo el mundo ríe; Chamán está pensando.

> ¿En qué piensas, Chamán?

AMIGO: Espero que todavía estés pensando que alguien verdaderamente murió de felicidad.

CHAMÁN: Ya te dije, no me importa.

AMIGO: Ah, ¿no? ¿Por qué?

CHAMÁN: ¿Sabes qué? Estoy pensándomelo.

AMIGO: Entonces, ¿cómo puedes decir que no te importa?

CHAMÁN: Estoy mirándolo desde un punto de vista diferente.

AMIGO: ¿A qué te refieres?

CHAMÁN: Cuando Paria volvió, él murió de felicidad. Eso significa que realmente la amaba. Por tanto, no es extraño que muriera de alegría. Pero, ¿por qué no murió de pena cuando Paria lo dejó?

AMIGO: Eso lo hace aún más raro.

CHAMÁN: Cierto. Pero lo raro es el hecho de que haya seguido viviendo, y no su muerte.

IMPEDIDO: Ya no importa.

CHAMÁN: Estoy de acuerdo.

C.G.:   Yo también.

IMPEDIDO: Cambiemos de tema. Es mejor así.

C.G.:   ¿Quién tiene almendras en casa?

AMIGO: Nosotros.

ESPOSA DEL AMIGO: Cierto, tenemos.

PARIA: ¿Puedo traerlas yo?

CHAMÁN: A Impedido le gusta que yo traiga
                  las almendras para las galletas.

IMPEDIDO: *(Sonriendo)*. Preferiría que fuera C.G.
                  quien las trajera.

CHAMÁN: Sí, es una mejor idea.

C.G.:   *(A Impedido)*. Muchas gracias.

IMPEDIDO: Pero todos te ayudaremos a hacerlas.

ESPOSA DEL AMIGO: *(Ya ha acabado de almorzar; a
                  Amigo)*.

                  ¿Vamos?

AMIGO: ¿Adónde? ¿Qué ha pasado?

ESPOSA DE AMIGO: Quiero prepararme para esta
                  noche.

Vamos, levántate.

PARIA: Es verdad. Yo también tendría que
                    ir preparándome.

IMPEDIDO: Nos vemos todos esta noche.
                    (Excitado). No olvidéis el zumo de
                    granada. *(Silencio repentino)*. ¿Qué?
                    ¿Por qué mi miráis así? *(Nadie habla)*.
                    ¿Tan extrañas son unas galletas de
                    almendras y un zumo de granada?
                    (Nadie habla). ¿Lo son, Chamán?

CHAMÁN: *(Tartamudeando)*. Bueno... Eh... No,
                    no lo son, pero... Si comes esas
                    cosas...

IMPEDIDO: ¿Te refieres a que perderé mi pelo?
                    (Chamán asiente con la cabeza).
                    Bueno, ¿a quién le importa? Ya
                    crecerá de nuevo. *(Risas)*. Merece la
                    pena hacerlo, ¿no?

CHAMÁN: ¿No hay forma de que cambies de
                    opinión?

IMPEDIDO: Ni hablar. Porque ya tengo un fuerte
                    antojo de zumo de granada.

CHAMÁN: *(Excitado)*. Entonces, lo tomaremos.

Todo el mundo ríe.

AMIGO:	¡Gracias a Dios! Entonces, vamos a casa. Y esta vez nos llevamos a Impedido.
PARIA:	No, me toca a mí.
IMPEDIDO:	No emepecéis de nuevo. Iré a casa de C.G. y la ayudaré a hacer las galletas.
PARIA:	Yo traeré el zumo de granada. ¿Puedo?
IMPEDIDO:	*(Sonriendo)*. Está bien, puedes traerlo.
PARIA:	*(Muy contenta)*. Gracias.

ESCENA 2

Todos los personajes están presentes excepto Impedido.
Llevan platos de comida.

PARIA: Le he hecho un cocido... Deja que
                    se lo lleve para hoy.

C.G.:   No le gusta mucho el cocido.

PARIA: Sí le gusta. Ya le llevé cocido antes.

CHAMÁN: ¿Para qué molestarse en hacer un
                    cocido? Yo le he traido ternera asada.

                    (Sarcástico). A mí me parece que la
                    ternera está más rica que el cocido.

PARIA: Este cocido es diferente.

CHAMÁN: ¿Por qué?

AMIGO: ¿Qué lo has hecho, de cordero,
                    Paria? *(Se ríe con su esposa).*

PARIA: No, pero me he esmerado bastante
                    en hacerlo.

ESPOSA DEL AMIGO: Bueno, nosotros también
                    nos hemos esmerado con nuestra
                    comida.

CHAMÁN: A Impedido le gusta el cordero, ¿no?
                    (Todos asienten).

Pues si ese cocido lleva cordero,
voto por él.

PARIA: Pero… No puede ser. Qué cosas más
raras dices, Chamán.

CHAMÁN: Tu cocido no lleva cordero, y a
Impedido le encanta.

PARIA: Pero...

CHAMÁN: Pero en vez de ternera también
podría ser cordero.

PARIA: ¿Qué quieres decir?

CHAMÁN: Yo le he hecho ternera asada. Así
que creo que es mejor que se lo
lleve.

C.G.:   Esa no es para nada una buena
razón.

CHAMÁN: ¿Por qué no?

C.G.:   Todos sabemos que lo que más le
gusta a Impedido son las galletas.

ESPOSA DEL AMIGO: ¿Y tú quieres llevarle galletas?

C.G.:   Sí.

AMIGO: Aunque le gusten las galletas, no
creo que quiera comérselas hoy, y
menos en su almuerzo.

C.G.:   ¿Por qué no?

ESPOSA DEL AMIGO: Es obvio. Tomó muchas
                  galletas y zumo de granada la otra
                  noche durante la fiesta.

C.G.:   No es una buena razón.

CHAMÁN: Es cierto… Que no comerá galletas
                      porque ya tomó muchas la otra
                      noche no es una buena razón.

C.G.:   Gracias, Chamán.

CHAMÁN: No hay de qué. Aunque puede
                      enfermar si come muchas galletas.

AMIGO: *(Carcajeándose de Chamán).*
                      Enhorabuena. Estupendo.

CHAMÁN: *(Intenta esconder su risa).* ¿Qué es
                      estupendo?

AMIGO: *(Cambia de asunto).* Nada.   No habrás
                      hecho tu ternera asada mediante
                      brujería, ¿no?

CHAMÁN: No. En serio. Lo he hecho yo.

ESPOSA DEL AMIGO: Como nosotros.

CHAMÁN: Pero el cordero que usé estaba
                      encantado. Es sin duda beneficioso
                      para él.

AMIGO: Pero, tal vez no lo sea.

CHAMÁN: Claro que lo es.

PARIA: Por favor, dejad que le traiga cocido.

CHAMÁN: Pero el ternera está más buena.

C.G.: Las galletas si que lo son.

AMIGO: No estoy de acuerdo.

PARIA: ¿Qué has hecho tú?

AMIGO: Nosotros hemos hecho un caldo de verduras que nadie ha probado hasta ahora.

CHAMÁN: Inconveniente: puede dañarle.

AMIGO: ¿Cómo podría un caldo dañar a alguien?

CHAMÁN: Recuerda que es un impedido. Pierde su pelo cuando toma zumo de granada.

ESPOSA DEL AMIGO: Nuestro caldo no lleva zumo de granada.

CHAMÁN: ¿No me escucháis? Un cuerpo de un impedido es totalmente diferente a uno normal. A cada instante, algo impredictible de lo que no sepamos nada puede ocurrirle.

ESPOSA DE AMIGO: Le hemos puesto cordero, calabaza, sal, algunas verduras especiadas y un poco de pimiento.

CHAMÁN: ¿Qué tipo de pimiento?

ESPOSA DEL AMIGO: Pimiento rojo.

CHAMÁN: Está bien. El pimiento rojo no le causa ningún problema.

AMIGO: Queríamos traer la comida de Impedido y añadir un poco de variedad hoy.

C.G.:   ¿Variedad? ¿Cómo?

AMIGO: Simplemente trayéndole un nuevo caldo de verduras.

C.G.:   Debo decir que no es una mala idea.

CHAMÁN: Estoy de acuerdo.

AMIGO: ¿Sí?

CHAMÁN: Sí, me parece bien.

C.G.:   A mí también.

AMIGO: Os lo agradezco mucho.

C.G.:   Tenemos que hacer algo en cuanto a esta situación.

ESPOSA DEL AMIGO: ¿Qué "situación"?

C.G.:	Esta situación. Quién debe traer comida, quién la ropa, quién hace esto y lo otro.
AMIGO:	Estoy de acuerdo.
CHAMÁN:	Yo también. Exceptuando las situaciones particulares, claro.
AMIGO:	Estoy contigo.
PARIA:	Yo no estoy de acuerdo.

ESPOSA DEL AMIGO: ¿Qué quieres decir?

PARIA:	Bueno, quiero que se coma mi cocido.

ESPOSA DEL AMIGO: Todos estamos de acuerdo. Así que, por favor…

PARIA:	No me parece.

ESPOSA DEL AMIGO: Paria, haz el favor.

PARIA:	No puedo.
CHAMÁN:	Paria, quieres llevarle tu cocido a Impedido para alegrarle, ¿no es así?
PARIA:	Sí.
CHAMÁN:	Estamos intentando llevarle el mejor plato para que lo disfrute él, no nosotros.

PARIA: Entonces, ¿por qué estáis
                peleándoos por llevarle vuestros
                platos?

CHAMÁN: Porque todos pensamos que
                nuestro plato sería el mejor, pero
                ahora estamos de acuerdo que este
                caldo es el mejor plato.

PARIA: Entonces, ¿qué hago con mi cocido?

CHAMÁN: Puedes comértelo. Igual que mi
                ternera. Pero a Impedido solo se le
                llevará el mejor plato.

PARIA: Está bien, entonces…

CHAMÁN: Entonces puedes cambiarme tu
                cocido por mi ternera. *(Risas)*.

ESCENA 3

En casa de Impedido. Amigo y su esposa le han llevado el caldo de verduras a Impedido, que ha perdido su cabello por completo.

AMIGO: Come. No te pasará nada.

IMPEDIDO: *(Bromeando)*. ¿Estás seguro? ¿Lleva zumo de granada?

ESPOSA DEL AMIGO: No. No te preocupes. Lo he hecho yo.

AMIGO: Ya hemos hablado de esto con Chamán. Le dijimos lo que llevaba.

IMPEDIDO: ¿Y bien?

AMIGO: Nada. Dijo que podías comértelo sin ningún problema.

IMPEDIDO: Más pelo no puedo perder al fin y al cabo. Pero una vez más, puede volver a perjudicarme de otra forma.

AMIGO: ¿Por qué estás tan indispuesto hoy?

IMPEDIDO: Por el zumo de granada de la otra noche.

AMIGO: Te dijimos que no bebieras, pero aún así lo hiciste.

ESPOSA DEL AMIGO: Ya no importa. El pelo te
                  crecerá de nuevo.

AMIGO: Es importante que hoy vayas a
                  probar la cocina de mi esposa una
                  vez más.

Silencio. Impedido los mira.

IMPEDIDO: ¿Te gusta cómo cocina?

AMIGO: Sí. ¿Por qué preguntas?

IMPEDIDO: Y a ella, ¿amas a tu esposa?

AMIGO: Más que a mi propia vida.

IMPEDIDO: *(A la esposa)*. ¿También lo amas?

ESPOSA DEL AMIGO: Más que al mundo entero. ¿Por
                  qué nos haces esas preguntas?

IMPEDIDO: ¿Vais a pasear juntos por la costa al
                  atardecer?

AMIGO: ¿Ha pasado algo?

IMPEDIDO: Responde a mi pregunta.

AMIGO: Bueno… Sí… Algunos días vamos
                  a la costa al atardecer. Como casi
                  todas las parejas que viven en la isla.

IMPEDIDO: A veces voy a la costa al atardecer.

ESPOSA DEL AMIGO: Nunca te he visto.

IMPEDIDO: Miro desde la distancia.

                   Cuando llegáis a un acantilado, ¿os
                   sentáis juntos y mirais el mar?

AMIGO: No.

IMPEDIDO: ¿No?

AMIGO: Solo nos gusta cogernos de la mano
                   y caminar. No nos gusta sentarnos.

ESPOSA DEL AMIGO: A veces me gusta tirar piedras
                   al agua.

AMIGO: *(A su esposa)*. A los dos nos gusta.

ESPOSA DEL AMIGO: *(A su esposo, quejándose)*. ¿Solo
                   "a veces"?

IMPEDIDO: ¿Qué edad tenéis?

AMIGO: Veintiseis.

IMPEDIDO: Yo veintiocho.

AMIGO: ¿Quieres decirme qué ha pasado?

IMPEDIDO: No.

ESPOSA DEL AMIGO: Dínoslo. Si algo va mal,
                   haremos todo lo posible para
                   ayudarte.

IMPEDIDO: Sé que lo haréis.

ESPOSA DEL AMIGO: Entonces, dinos qué ha pasado.

IMPEDIDO: No.

AMIGO: Soy tu amigo. Debo saberlo.

IMPEDIDO: No es necesario. Todavía.

AMIGO: ¿Todavía? Nos estás preocupando.

IMPEDIDO: Gracias por el caldo.

AMIGO: Pero…

IMPEDIDO: No preguntéis más.

ESPOSA DEL AMIGO: Estará riquísimo si le echas un poco de zumo de limón.

IMPEDIDO: Gracias.

ESPOSA DEL AMIGO: No se lo he echado. El zumo de limón está en esa botella. Pensé que preferirías echárselo tú mismo.

IMPEDIDO: Gracias de nuevo.

AMIGO: Bueno, tenemos que irnos. Hasta luego por ahora.

IMPEDIDO: ¿Puedes pedirle a tu mujer que nos deje solos un momento?

La esposa sale.

IMPEDIDO: Hace mucho tiempo que siento algo. No creo que pueda soportarlo.

                   Te lo diré.

AMIGO: Muy amable por tu parte. Por cierto, ¿puedo adivinarlo?

IMPEDIDO: No creo que puedas…

AMIGO: Sí, creo que sí.

IMPEDIDO: ¡Anda, vete! No dejes a tu mujer sola.

E S C E N A 4

Los habitantes de la isla se han reunido; están claramente preocupados.

AMIGO:	Tendrías que haberte asegurado totalmente.
CHAMÁN:	Estoy casi seguro.
AMIGO:	¿Casi?
CHAMÁN:	Todavía no ha dicho nada.
ESPOSA DEL AMIGO:	Le ha dicho lo mismo a las diez parejas que han ido a visitarlo.
PARIA:	¿Y ahora qué hacemos?
CHAMÁN:	Tenemos que asegurarnos.
PARIA:	¿Y luego? No podemos hacer nada, ¿o sí?
CHAMÁN:	*(Sarcástico).* Estos días toda la gente en esta isla tiene el mismo problema y no podemos hacer nada.
PARIA:	Podemos hablar con él...
CHAMÁN:	*(Sin importarle lo que dice Paria).* Creo que primero tenemos que asegurarnos y después decidir.
AMIGO:	*(A C.G.).* ¿No quieres decir nada?

C.G.:   Estoy pensando.

AMIGO: ¿En lo raro que es que alguien muera de felicidad después de que su amor regrese a él? (Risas).

CHAMÁN: ¿No lo entiendes? No es momento para bromas.

AMIGO: *(Disculpándose).* Pero es que me resulta muy raro.

C.G.:   Por favor. No estamos en una buena situación.

AMIGO: Lo siento. Continúa.

CHAMÁN: Tenemos que asegurarnos de alguna forma.

PARIA: ¿Cómo?

CHAMÁN: No sé. Quizá debamos preguntarle directamente a él.

C.G.:   No es buena idea.

CHAMÁN: ¿Por qué?

C.G.:   Porque si le preguntamos directamente él nos preguntará directamente.

CHAMÁN: *(Desilusionado).* Parece que vamos a acabar teniendo que buscarle una.

AMIGO: Pero no podemos.

C.G.:   Exacto. No podemos.

AMIGO: Entonces, no es buena idea.

ESPOSA DEL AMIGO: Pero no podemos sentarnos y no hacer nada.

CHAMÁN: No. Pero tiene que haber una forma.

ESPOSA DEL AMIGO: Ya sabes, me da un poco de pena.

PARIA: Quizá mucho más que "un poco".

ESPOSA DEL AMIGO: *(Rogando)*. Por favor, haced algo.

C.G.:   ¿Cómo? Ni siquiera estamos seguros.

AMIGO: ¿Por qué no? Es obvio.

CHAMÁN: Yo sigo pensando que sería mejor si fuéramos a preguntarle.

C.G.:   ¿Y por qué tendríamos que hacer eso? Considerando que ya sabemos lo que pasa, considerando que no podemos hacer nada, considerando que podría pedirnos...

CHAMÁN: *(La interrumpe)*. Tenemos que asegurarnos para poder tomar la mejor decisión, para saber qué hacer después.

AMIGO: Estoy de acuerdo.

ESPOSA DEL AMIGO: Yo también.

PARIA: ¿Quieres que le pregunte?

AMIGO: A ti no te lo va a decir.

ESPOSA DEL AMIGO: Cierto. No lo hará.

CHAMÁN: ¿Quieres que lea su mente?

C.G.:   ¿Crees que puedes hacerlo?

CHAMÁN: Sí. Pero no creo que sea bueno leer
                          la mente de Impedido.

C.G.:   Pregunté precisamente por eso.

PARIA: Entonces, ¿qué hacemos para
                          conseguir respuestas?

C.G.:   Puede que me lo diga.

CHAMÁN: Podemos in tentarlo.

C.G.:   Yo le preguntaré.

CHAMÁN: Llévale galletas de nueces. Le
                          vendrá bien para su pelo.

ESCENA 5

En casa de Impedido. Impedido está comiendo nata y galletas de nueces.

C.G.:   ¿Te gusta?

IMPEDIDO: Mucho.

C.G.:   Son galletas de nueces.

IMPEDIDO: Me encantan las galletas de nueces.

C.G.:   Primero quise traerte galletas de almendras, pero Chamán dijo que las galletas de nueces y la nata beneficiarían a tu pelo. Harán que crezca de nuevo.

IMPEDIDO: No me gustan las almendras.

C.G.:   Ya lo sabía. Pero la otra noche pediste galletas de almendras, y me dije: "Impedido está muy extraño".

IMPEDIDO: Fue porque cada uno estaba pidiendo gelletas diferentes. Quise pedir una galleta que nadie hubiera dicho. Quería fastidiarles. *(Ambos ríen)*.

C.G.:   Toma nata también. El pelo te crecerá más rápido.

IMPEDIDO: Sí, por supuesto que tomaré.

C.G.:   Está bien. Bueno, y ahora, cuéntame esa historia.

IMPEDIDO: ¿Qué historia?

C.G.:   ¿Quieres decirme que no sabes de lo que hablo?

IMPEDIDO: Sí, lo sé.

C.G.:   Entonces, dime que te pasa.

IMPEDIDO: ¿Me quieres decir que no sabes lo que me pasa?

C.G.:   Pudimos imaginárnoslo pero todavía no estamos seguros.

IMPEDIDO: ¿Te mandaron para asegurarte?

C.G.:   Sí. (Breve silencio).

IMPEDIDO: Necesito una esposa. *(C.G. se sorprende)*. Anhelo amar a alguien, ir a caminar con ella al atardecer. *(Recuerda que no puede andar y se corrige a sí mismo)*. Sentarme con ella en un acantilado en el mar al atardecer. Tener una mujer a la que le guste tirar piedras al agua. And we just do sometimes.

C.G.:	*(De repente empieza a llorar y golpearse)*. Hasta ahora me decía a mí misma que estaba equivocada. ¿Y ahora qué diantres hacemos?
IMPEDIDO:	Llora, todo lo que quieras.
C.G.:	*(Sigue llorando)*. ¿Cómo podemos encontrarte a una esposa?
	Gritando: "¡Eh! ¡Gente! ¡Venid aquí! Tenemos una oferta que no podéis rechazar".
IMPEDIDO:	Incluso si todos los habitantes de la isla se unieran, no podrían hacer nada.
C.G.:	Deja que vengan, quizá descubramos qué diablos podemos hacer.
IMPEDIDO:	Como quieras. Entonces, diles a todos que vengan.
C.G.:	*(Mirando a la puerta)*. Entrad. Juntaos todos.

Chamán, Amigo, Esposa del amigo y Paria entran; todos lloran.

IMPEDIDO:	¿Estábais escuchando?

CHAMÁN: Teníamos que hacerlo.

IMPEDIDO: Pero qué barbaridad. No lloréis, por
                     Dios.

Todos dejan de llorar.

IMPEDIDO: Bien. Ahora podemos hablar.

CHAMÁN: ¿Sobre qué hablamos?

IMPEDIDO: ¿Qué hacemos ahora?

AMIGO: Tenemos que encontrarte una
                     esposa.

IMPEDIDO: Encuéntrala entonces.

ESPOSA DE LAMIGO: ¿Pero cómo? *(Silencio)*.

IMPEDIDO: ¿Alguna vez he pedido algo
                     anormal?

CHAMÁN: Nunca.

IMPEDIDO: Esta es la primera vez, y no puedo
                     hacer nada.

C.G.:   ¿Crees que podemos?

IMPEDIDO: Necesitamos encontrar una solución.

CHAMÁN: No creo que haya solución.

PARIA: ¿Por qué no?

CHAMÁN:	Porque no hay chicas en esta isla, o quizás en ningíun sitio del mundo que puedan vivir con un impedido. Es imposible. ¿Lo entiendes?
PARIA:	Lo sé, pero me refiero a que quizá haya una solución diferente.
CHAMÁN:	¿Qué solución?
IMPEDIDO:	Lo siento, pero lo necesito, y no puedo hacer nada para negarlo.

Impedido sale desilusionado.

AMIGO:	*(A C.G.).* ¿No puedes hacerle más galletas y hacer que se olvide de casarse?
C.G.:	Ya hablamos de esto antes.
	Yo puedo, pero no está bien.

ESPOSA DEL AMIGO: Estoy de acuerdo.

PARIA:	*(A Esposa del amigo).* Entonces danos una solución.

ESPOSA DEL AMIGO: Estoy de acuerdo. Tiene todo el derecho de casarse.

CHAMÁN: No tenemos ningún problema con que se case, pero en ningún sitio del mundo hay una impedida que merezca nuestro Impedido.

PARIA: Cuando estaba fuera de la isla conocí a una chica que era impedida. ¿La traigo?

CHAMÁN: ¿La trataba su gente como nosotros a nuestro Impedido?

PARIA: No. Vivía bajo un puente húmedo y frío. Aunque la gente le daba comida, agua y ropa.

CHAMÁN: Es una impedida normal y corriente, como muchas otras. Necesitamos una impedida como el nuestro, no una normal.

C.G.: Parece que no hay esperanza. Creo que es mejor si vamos a nuestras casas y pensar algo más. Quedemos de nuevo más tarde.

PARIA: Estoy de acuerdo.

AMIGO: Nosotros también.

CHAMÁN: Supongo que yo también tengo que estar de acuerdo.

Acto II

E S C E N A 1

En casa de Impedido. Impedido y Amigo están tumbados. Parece que llevaran en esa posición durante horas. El pelo de Impedido ha crecido por completo. Hay desorden en la habitación.

IMPEDIDO: ¿No te vas a tu casa? *(Amigo se levanta)*. No, quería decir... Quería decir que si consideras que tienes que irte, no te preocupes por mí, puedes hacerlo.

AMIGO: *(Se tumba de nuevo)*. No tengo otra cosa que hacer. Me gusta quedarme aquí contigo.

IMPEDIDO: Tu mujer puede preocuparse.

AMIGO: Le dije que venía a tu casa, así que le dije que fuera a casa de Paria.

IMPEDIDO: ¿A casa de Paria?

AMIGO: Sí. ¿Por qué preguntas?

IMPEDIDO: Nada. Eh, ¿crees que Paria es una buena chica?

AMIGO: Sí, creo que sí.

IMPEDIDO: Y es muy hermosa.

AMIGO: Pero no es una impedida.

IMPEDIDO: Ojalá fuera.

AMIGO: ¿Estás triste?

IMPEDIDO: Mucho.

AMIGO: ¿Te gustaría estar sano?

IMPEDIDO: Jamás.

AMIGO: Sabía que dirías eso.

IMPEDIDO: Si fuera una impedida... *(Deja de hablar)*.

AMIGO: ¿La amas?

IMPEDIDO: No... Bueno, no sé.

AMIGO: No cambia nada.

IMPEDIDO: Quizá aún guarda sentimientos de su primera relación.

AMIGO: Realmente fue una relación absurda.

IMPEDIDO: No sé que decir.

AMIGO: Cuando lo vi preocuparse por todo, justo antes de que Paria volviera y después de su muerte, no sabía si reirme de él o compadecerme.

IMPEDIDO: Su muerte no me resultó absurda.

AMIGO: ¿Por qué?

IMPEDIDO: Morir de felicidad es mucho mejor
                   que morir por enfermedad, o
                   que caer por un acantilado, o que
                   ser devorado por un lobo. O, por
                   ejemplo, caerte de la cama mientras
                   duermes y golpearte la cabeza con
                   el pico de una mesa y morir, o ser
                   mordido por una serpiente, o…

AMIGO: Está bien, está bien. Admito que fue
                   una muerte placentera, pero aun así
                   fue absurda.

IMPEDIDO: ¿Crees que morir de pena también
                   es absurdo?

AMIGO: Por supuesto que no.

IMPEDIDO: Me temo que moriré de pena.

AMIGO: No te preocupes. Encontraremos
                   una solución.

IMPEDIDO: Eso espero.

AMIGO: Volviendo a lo de Paria, créeme, ya
                   no piensa en su pasada relación.

IMPEDIDO: ¿Cómo lo sabes?

AMIGO: Porque le pediste que no se pusiera
                   triste.

IMPEDIDO: Bien entonces, eso me pone
                   contento.

AMIGO: Ya te dije, eso no cambia nada
                   cambia.

IMPEDIDO: Quiero decir, es estupendo que la
                   pena de alguien se haya ido. Si yo
                   fuera la razón por la que Chamán,
                   C.G. o cualquier otra persona
                   olvidaran sus penas, me pondría
                   muy feliz.

AMIGO: Ya lo sé. Solo estaba bromeando.

IMPEDIDO: Tengo que pensar. A lo mejor
                   ecuentro yo una solución.

AMIGO: Todos los habitantes de la isla están
                   intentándolo.

IMPEDIDO: Lo sé.

AMIGO: Todos menos nosotros. *(Ambos ríen)*.

IMPEDIDO: Vete a casa ya. Tu mujer está sola.

AMIGO: *(Se levanta)*. Está en casa de Paria.

IMPEDIDO: Necesito pensar. Quizá haya una
                   solución en la que aún no haya
                   pensado.

ESCENA 2

Los habitantes de la isla se han reunido.

C.G.:   Todo está yendo mal. No puede ser.

CHAMÁN: *(Impaciente).* ¿Y ahora qué?

AMIGO: ¿Qué hacemos? No hemos
                      encontrado una solución.

C.G.:   No puede ser. Tengo que encontrar
                      una esposa para Impedido.

ESPOSA DEL AMIGO: Se me ocurre una cosa, pero
                      no estoy segura.

AMIGO: No pasa nada, cariño, dinos.

ESPOSA DEL AMIGO: Pero no creo que sea tan
                      buena idea.

PARIA: Dínoslo. Es mejor que nada.

ESPOSA DEL AMIGO: Pensé que quizá sería mejor
                      que saliéramos de la isla. A lo mejor
                      encontramos a una impedida...

CHAMÁN: *(Enfadado).* Nos merecemos ser
                      engañados.

ESPOSA DEL AMIGO: *(Confusa)* "¿Engañados?" No
                      intentaba engañar a nadie.

CHAMÁN: Ha sido obvio.

AMIGO:	Mi mujer solo ha dicho lo que pensaba…
C.G.:	Y no estaba mal...
CHAMÁN:	¿Ah, no?
C.G.:	La única forma… Es la mejor forma…
CHAMÁN:	No es la única forma…
AMIGO:	¿Sabes otra manera?
CHAMÁN:	*(Tartamudeando)*. Bueno, no, no la sé.
AMIGO:	Así que esta es la mejor manera.
C.G.:	Deberíamos formar grupos.
CHAMÁN:	Haced lo que queráis.
PARIA:	¿Qué pasa, Chamán? ¿Por qué te enfadas tanto?
CHAMÁN:	No estoy enfadado. Solo que…
PARIA:	*(Le interrumpe)*. Entonces, ¿cuándo formamos los grupos?
C.G.:	Cuanto antes mejor.
PARIA:	*(A Amigo)*. ¿Puedo estar con vosotros?
AMIGO:	Por supuesto. Necesitamos a todos.

C.G.:   Chamán, ¿vienes con nosotros?

CHAMÁN: Iré hacia el este con mi equipo.

C.G.:   Todavía no hay equipos.

CHAMÁN: Yo me llevaré a mi grupo.

C.G.:   Me parece bien.

ESPOSA DEL AMIGO: A mí también.

AMIGO: Trato.

PARIA: *(A Chamán)*. ¿Puedo ir con vosotros?

CHAMÁN: ¿Tú?

PARIA: *(Sonriendo)*. Por favor. Estoy nerviosa.

CHAMÁN: *(Sonríe)*. De acuerdo. Puedes venir
                         con nosotros.

AMIGO: Nosotros iremos al oeste con
                         nuestro equipo.

ESPOSA DEL AMIGO: ¿Con quién?

AMIGO: Da igual. Debemos reunirnos todos,
                         después podremos elegir.

C.G.:   Yo iré hacia el sur.

Impedido entra de repente.

IMPEDIDO: Ya no hace falta…

C.G.:	¿Qué?
IMPEDIDO:	No tienes que ir hacia el sur.
	(Todos se ponen contentos).
C.G.:	*(Contenta)*. ¿Por qué?
IMPEDIDO:	He encontrado una solución.
CHAMÁN:	Fantástico.
AMIGO:	¿Cuál es tu solución?
IMPEDIDO:	Tiene que ver con Chamán.
C.G.:	¿Quieres decir…, que todavía tenemos que ir?
IMPEDIDO:	No importa.
CHAMÁN:	¿Qué tendría que hacer?
IMPEDIDO:	Hacer a una chica impedida para mí.

Silencio. Todos se miran sin moverse. Únicamente Paria hace notable su angustia. Todos la miran. Se calma.

CHAMÁN:	¿Eso qué quiere decir?
IMPEDIDO:	Así habrá otra impedida que pueda ser mi mujer.
PARIA:	¿Es eso posible?

IMPEDIDO: El gran Chamán, con toda su magia,
                  debería responder eso.

CHAMÁN: Tiene que haber una forma...
                  Pero..., no es bueno, generalmente.

IMPEDIDO: ¿Qué quieres decir?

CHAMÁN: Podemos hacer impedida a alguien,
                  pero eso solo la hace impedida, una
                  impedida normal. Quiero decir: no
                  podría ser tu mujer.

PARIA: Podemos intentarlo al menos, ¿no?

CHAMÁN: ¿Estás pensando en alguna chica en
                  particular?

IMPEDIDO: ¿Cambia eso algo?

CHAMÁN: Sí. Porque tenemos que hacer
                  varios intentos. Puede que funcione,
                  puede que no.

IMPEDIDO: Entonces, ¿puede alguien decirle
                  a todas las chicas de la isla que si
                  quieren casarse conmigo pueden
                  participar en el prueba?

PARIA: ¿Es realmente necesario?

C.G.:   Yo diría que sí...

AMIGO: (A Impedido). ¿No querías casarte?

IMPEDIDO: *(Le interrumpe)*. Por favor, no nombres a nadie.

AMIGO: Vale. Como quieras.

IMPEDIDO: Parece ser que no podríamos considerarla a ella, dado lo que dijo Chamán.

AMIGO: Tampoco hay tanta diferencia. *(Impedido y Amigo se ríen)*.

IMPEDIDO: *(Riendo)*. Sí, verdaderamente no la hay.

E S C E N A 3

Muchas chicas se han reunido. Hay una ceremonia y suena una música alegre. Las chicas están muy contentas y lanzan flores al aire. Entre ellas, hay una chica llamada Negar. Tras unos instantes Impedido, Chamán, C.G., Amigo, la esposa y alguna otra gente entran. Las chicas se callan.

CHAMÁN: Queridas chicas. Todas sabéis por qué nos hemos reunido aquí hoy. Es mi responsabilidad explicar la situación. Una de vosortras se convertirá en impedida, y quizá podría casarse con Impedido *(Señala a Impedido)*. Y digo "quizá" porque es posible que no haya turno para todas y que la primera chica se convierta en impedida de la forma necesaria... Pero puede ser que no, y entonces sería el turno de la siguiente chica..., y de la siguiente y de la siguiente. ¿Alguna duda? *(Las chicas aplauden y vitorean)*. Está bien. Emepecemos siguiendo la lista que he escrito. La primera, un paso adelante... *(Una de las chicas avanza un paso. Otras chicas aplauden y la vitorean)*. ¿Estás lista?

CHICA: *(Con excitación)*. Sí.

CHAMÁN: Siéntate.

CHICA: Dios mío, ayúdame.

NEGAR: *(Desde la multitud, riéndose).* Rezo por
                     que no funcione.

CHICA: Y yo rezo por que sí. De todas
                     formas para ti no hay esperazas.
                     (Ambas se ríen).

CHAMÁN: Está bien. Suficientes bromas.
                     ¿Estás lista?

CHICA: *(Se sienta en la silla paralizadora).* Sí.

Chamán saca una maza de su saco.

NEGAR: *(Bromeando).* ¡Corre! Su maza es
                     enorme.

CHICA: *(Riendo).* Adelante, me quedaré aquí
                     y me convertiré en su esposa.

CHAMÁN: Silencio. ¿Estás lista?

CHICA: Sí. Sí, estoy lista. Estoy lista. Hazlo
                     ya, por el amor de Dios.

*Chamán golpea a la chica en la espalda con la maza.
Ella cae al suelo. Chamán, Amigo y C.G. se juntan
rápidamente a su alrededor.*

CHAMÁN:	Mueve tus pies. *(La chica mueve sus pies)*.

AMIGO:	No ha funcionado. Golpea de nuevo.

Chamán golpea a la chica repetidamente hasta que esta pierde la conciencia.

CHAMÁN:	Creo que está incosciente.

C.G.:	Sí.

CHAMÁN:	Haz que regrese.

Esposa del amigo echa algo de agua en la cara de la chica, que de repente despierta.

CHAMÁN:	¿Puedes mover tus pies?

La chica lo intenta pero no puede mover sus pies. Grita de alegría, aunque se siente débil.

CHICA:	No. No puedo. *(A Negar)*. ¿No te dije que iba a ser yo?

CHAMÁN:	*(Examina los pies)*. No ha funcionado. Siguiente. *(Las chicas aplauden y jalean)*.

NEGAR:	*(A la chica)*. ¿No te dije que no funcionaría?

CHICA: *(Riéndose con ironía)*. Espero que
                    tampoco seas tú.

NEGAR: No tengas muchas esperanzas,
                    cariño.

*Sacan a la chica de la silla paralizadora tal y como
ordenó Chamán. Todas la jalean.*

CHAMÁN: Voy a probar un método diferente.
                    Siguiente, por favor. *(La siguiente
                    chica da un paso adelante)*. ¿Estás
                    lista, querida?

SIGUIENTE CHICA: Sí.

CHAMÁN: *(Sarcástico, a Negar)*. ¿Estás segura
                    de que vas a dejarte de bromas y
                    de que no vas a hacerme perder el
                    tiempo de nuevo? *(Todos ríen)*.

NEGAR: Incluso si se conviertiera en
                    impedida de la manera adecuada,
                    Impedido no se casaría con ella. *(La
                    chica y las otras se ríen)*.

SIGUIENTE CHICA: *(Riéndose)*. Ya vas a ver, Negar.

CHAMÁN: Está bien. Suficiente. Siéntate.

*La chica se sienta y Chamán coge una gran jeringa de
su saco.*

CHAMÁN: ¿Estás lista?

SIGUIENTE CHICA: Sí.

Chamán coloca la jeringa detrás de su cuello. La siguiente chica chilla de dolor. Las demás chicas animan. Chamán, Amigo y C.G. se juntan a su alredor, una vez más.

CHAMÁN: Mueve tus pies.

SIGUIENTE CHICA: *(Incómoda)*. No puedo.
                    (Chamán está pensando y los demás callados). ¿Ha funcionado?

CHAMÁN: Tenemos que ver... *(Golpea a la chica con la gran maza y después inspecciona)*. No ha funcionado. Siguiente. *(Todas las chicas se alegran)*.

ESCENA 4

Amigo y Negar, en una cascada o en una fuente.

NEGAR: ¿Qué debo hacer exactamente?

AMIGO: No sé. Lo que puedas.

NEGAR: No puedo hacer nada.

AMIGO: No sé. *(Desesperado)*. Parece que no
                hay fin para los problemas de esta
                isla.

NEGAR: Hasta ahora no he tenido ningún
                problema con esta isla.

AMIGO: Primero esa historia del casamiento,
                y ahora este nuevo problema.

NEGAR: Créeme, haré todo lo que pueda por
                esta isla.

AMIGO: No tengo la menor duda. Por eso
                vine a hablar primero contigo.

NEGAR: *(Incrédula)*. ¿Quieres decir que nadie
                sabe de esto excepto nosotros?

AMIGO: Nadie.

NEGAR: ¿Ni siquiera Chamán?

AMIGO: Ni siquiera Chamán. Ni C.G. No se
                lo dije siquiera a mi esposa.

NEGAR: Estoy segura de que harían todo lo
                  posible por la isla.

AMIGO: No les dije nada por ti.

NEGAR: ¿Por mí?

AMIGO: Si la gente se da cuenta de lo que
                  ha pasado, te culparán.

NEGAR: Pero yo no tengo culpa.

AMIGO: Entiendo. Pero, ¿crees que Chamán
                  o C.G. lo entenderán?

NEGAR: Perdona, pero creo que tú tampoco
                  lo entiendes.

AMIGO: Si no lo entendiera, no habrías sido
                  la primera a quien habría acudido.

NEGAR: Lo siento, pero si verdaderamente
                  hubieras entendido no me harías
                  semejante pregunta.

AMIGO: He venido a consultar, o quizá tú
                  puedas hacer algo.

NEGAR: Créeme, todavía no sé qué está
                  pasando. Explícame, por favor.

AMIGO: Está debilitándose. Está
                  marchitando.

NEGAR: Quieres decir que es posible que...
          (No continúa)

AMIGO: Sí... *(Negar se pone triste)*.
          Probablemente empiece a encoger
          en los próximos días.

NEGAR: Juro por la vida de Impedido que
          no lo sabía. De verdad, no sé lo que
          hacer.

AMIGO: Yo tampoco.

NEGAR: Mira. Haré todo lo que pueda.
          Mi prioridad es el bienestar de
          Impedido, luego el mío y después el
          de la gente de la isla.

AMIGO: Ayer supuse que algo estaba
          pasando.

NEGAR: ¿Porque ayer?

AMIGO: Cuando Impedido de repente dio
          fin a la ceremonia paralizadora por
          ninguna razón aparente, no era
          difícil comprender por qué.

NEGAR: Yo estaba a punto de llorar. Creí que
          no tenía posibilidades.

AMIGO: Guárdate tus lágrimas. Parece que
          nuestra desgracia no está muy lejos.

NEGAR: Mi desgracia.

AMIGO: Le gente se dará cuenta de todo si
                 no tomamos una decisión rápido.

NEGAR: Se derán cuenta de todas formas.

AMIGO: Podemos hacer algo.

NEGAR: ¿Qué?

AMIGO: Es la única forma, creo.

NEGAR: ¿Y cuál es?

AMIGO: Busca a Impedido y habla con él.

NEGAR: ¿Crees que funcionará?

AMIGO: Hazlo antes de que la gente lo
                 descubra. De lo contrario, te
                 culparán.

ESCENA 5

Los habitantes de la isla, excepto Impedido, se han reunido.

NEGAR: Creí que pasaría al menos un día
                    antes de que lo supiérais, pero me
                    equivoqué.

C.G.:   De todos modos, es un problema
                    que tú has causado.

NEGAR: Yo no tengo que ver con el
                    problema.

CHAMÁN: Quizá no seas culpable, pero puedes
                    arreglarlo.

NEGAR: Ya lo he dicho una vez y volveré a
                    decirlo. Siempre trato de hacer lo
                    mejor posible por Impedido, por mí
                    y por la gente de esta isla, pero no
                    puedo prometeros nada.

CHAMÁN: No eres la más indicada para hablar
                    así.

NEGAR: Puedo hablar así en la situación que
                    sea.

C.G.:   Mira, Negar. Todos hemos hablado
                    antes de venir aquí. Creo que
                    deberías conocer la decisión que
                    tomamos.

NEGAR: ¿Y?

C.G.:   Primero te lo pediremos.

CHAMÁN: Lo cual puedo ver claramente que
                  no funcionará.

C.G.:   Entonces imagino que tendremos
                  que amenazarte.

CHAMÁN: Lo que todavía no hemos hecho.

NEGAR: Solo esa frase es suficiente para que
                  me sienta amenzada.

C.G.:   Si no conseguimos lo que queremos,
                  tendremos que, por el bien de
                  Impedido, torturarte.

NEGAR: ¿Por qué tendríais que amenazarme
                  o torturarme?

ESPOSA DEL AMIGO: Porque el "encogimiento"
                  empieza en estos próximos días.

NEGAR: *(A Amigo)*. ¿Por qué no dices algo?

AMIGO: ¿Qué debo decir?

NEGAR: Díselo a todos.

AMIGO: Te advertí esta mañana.

NEGAR: *(Enfadada)*. ¿De qué demonios me sirve tu advertencia? (Amigo se encoge de hombros). No es mi culpa. Todas las chicas de la isla están enamoradas de Impedido. Y yo soy solo una más.

C.G.:   Ahora eres diferente.

NEGAR: No soy diferente. Solo me enamoré de él, eso es todo. Y no es algo nuevo. Estaba enamorada de él desde mi adolescencia, como todas las chicas de mi edad. Quizá más o menos que otras, no lo sé.

C.G.:   Acabo de decirte. Eres diferente.

NEGAR: ¿En qué sentido?

C.G.:   Ahora Impedido está enamorado de ti también. Y esta es una gran diferencia.

CHAMÁN: Y ahora, tienes que hacer algo.

NEGAR: Lo haría mío si pudiera, como cuando era adolescente. Créeme.

CHAMÁN: Sabes que eso es imposible.

NEGAR: *(Triste y desilusionada mientras habla)*.

¿Por qué no se enamoraría de mí
cuando estábamos en la escuela?

PARIA: No lo sabemos, pero ahora es obvio
lo que tienes que hacer.

NEGAR: ¿Y qué es?

CHAMÁN: Tienes que hacer que Impedido
olvide tu amor.

NEGAR: *(Percatándose de repente)*. Impedido
quiere me case con él, ¿cierto?

CHAMÁN: Sí.

NEGAR: ¿Y tú quieres que yo haga algo
encontra de la voluntad de
Impedido?

CHAMÁN: *(Tartamudeando)*. Bueno... Eh...
De... Deberías...

C.G.:   No, nunca querríamos que hicieras
semejant cosa.

NEGAR: ¿Entonces qué?

C.G.:   Aun así, no es nuestro problema.
Tienes que hacer algo. Solo
recuerda no hacer nada en contra
de la voluntad de Impedido. *(Negar
se burla)*.

AMIGO: Creo que la úniva solución es lo que
                          te comenté.

ESPOSA DEL AMIGO: ¿Qué le comentaste?

AMIGO: Le dije que fuera y hablara con
                          Impedido.

PARIA: Buena idea.

ESPOSA DEL AMIGO: Estoy de acuerdo.

C.G.:   Yo también.

CHAMÁN: ¿No hay otra solución?

AMIGO: Parece que no.

CHAMÁN: Pero eso posiblemente ponga las
                          cosas peor.

AMIGO: No más hay remedio.

CHAMÁN: Entonces, tendré que estar de
                          acuerdo.

C.G.:   ¿Tú también de acuerdo, Negar?

NEGAR: ¿Puedo no hacerlo?

C.G.:   No.

NEGAR: *(Sonríe).* Muy amable de tu parte.

CHAMÁN: No le digas a Impedido que has
estado con nosotros.

NEGAR: ¿Y si pregunta?

CHAMÁN: No le digas lo que te hemos dicho.

E S C E N A 6

En casa de Impedido. Impedido está tumbado en su cama y parece estar muy enfermo. Su voz ha cambiado ligeramente y le cuesta hablar.

AMIGO: ¿No has mejorado?

IMPEDIDO: ¿No ha venido Negar?

AMIGO: Llegará pronto.

IMPEDIDO: La echo de menos.

AMIGO: ¿Sientes dolor de estómago?

IMPEDIDO: ¿Se ha dado ya cuenta la gente?

AMIGO: *(Intentando cambiar el tema).* ¿Te preparo una infusión?

IMPEDIDO: Las infusiones no me sientan bien. Echa un vistazo afuera, mira si ya ha llegado.

AMIGO: *(Mira hacia fuera).* Tocará a la puerta cuando llegue.

IMPEDIDO: ¿Nadie se ha dado cuenta de nada?

AMIGO: Pronto lo harán.

IMPEDIDO: ¿Por qué?

AMIGO: Tu estatura…

IMPEDIDO: Adelante. Mídeme.

Amigo mide la altura de Impedido. Se pone triste y no dice nada.

IMPEDIDO: ¿Y bien?

AMIGO: Has encogido alrededor de un centímetro.

IMPEDIDO: ¿Negar me ve bajo?

AMIGO: Todavía no.

IMPEDIDO: ¿Puedes peinarme, por favor?

AMIGO: *(Peinándole)*. Esto no tiene sentido. Todas las chicas de la isla están enamoradas de ti.

IMPEDIDO: ¿Y Negar?

AMIGO: También es una chica de esta isla.

IMPEDIDO: *(Sonríe con cierta amargura)*. De todas formas no cambia nada.

AMIGO: ¿Desearías ser…, normal?

IMPEDIDO: Nunca vuelvas a hacerme esa pregunta.

AMIGO: Se te ha rizado un poco el pelo por aquí.

IMPEDIDO: ¿Cuánto crees que mide Negar?

AMIGO: No lo sé. Rondará los 170
                  centímetros.

Alguien toca a la puerta.

AMIGO: Creo que está aquí. Le abro y me
                  voy.

IMPEDIDO: ¿Estoy arreglado?

AMIGO: Sí. Perfectamente. Hasta luego.

Amigo sale y Negar entra.

NEGAR: Hola.

IMPEDIDO: Hola.

NEGAR: ¿Qué te ha pasado? (Silencio).

IMPEDIDO: *(Mira a Negar en silencio).* Aquel
                  día de la silla paralizadora estabas
                  encantadora.

NEGAR: Realmente quería que te sintieras
                  atraído por mí.

IMPEDIDO: No hacía falta.

NEGAR: Aquel día, estabas más guapo que
                  nunca, señor.

IMPEDIDO: *(Extrañada)*. Me conoce s bien.

NEGAR: Tú también me conoces bien.

IMPEDIDO: ¿Por qué "señor"?

NEGAR: Porque siempre quise llamar a la
                 gente "señor".

IMPEDIDO: Ese "siempre" no durará mucho…
                 NEGAR: No te has peinado tú,
                 ¿no?

IMPEDIDO: ¿Cómo lo sabes?

NEGAR: Cuando ves a alguien desde hace
                 quince años, sabes cómo se peina.

IMPEDIDO: ¿No crees que he cambiado durante
                 ese tiempo?

NEGAR: No.

IMPEDIDO: ¿En serio?

NEGAR: Sí.

IMPEDIDO: Ahora soy unos centímetros más
                 bajo.

NEGAR: No me importa, así que ti tampoco
                 debería importarte.

IMPEDIDO: A partir de ahora me haré más y
                 más pequeño.

NEGAR:	No me importa. Te quiero.
IMPEDIDO:	¿Sabes por qué estoy encogiendo?
NEGAR:	Sí.
IMPEDIDO:	Cuando un impedido se enamora empieza a encoger día tras día.
NEGAR:	Si hubiera sabido que dentendrías la ceremonia paralizadora por mí, estaría feliz en lugar de llorando. *(Silencio prolongado).*
IMPEDIDO:	Ayer estuve pensando que soy muy tonto.
NEGAR:	¿Por qué?
IMPEDIDO:	No te he visto desde hace mucho tiempo.
NEGAR:	Ya hemos tenido suficiente. *(Silencio prolongado).*
IMPEDIDO:	¿Sabes lo que quiero?
NEGAR:	¿Qué?
IMPEDIDO:	Quiero coger tu mano por un momento, y no me importa lo que pase después.

NEGAR: *(Llorando)*. Si fuera un impedido, claro. Te abrazaría ahora mismo, pondría mi cabeza en tu pecho y lloraría.

IMPEDIDO: Si fueras una impedida o yo fuera normal, a lo mejor no nos habráimos enamorado.

NEGAR: A lo mejor. Pero tú no eres normal y yo no soy una impedida. *(Silencio prolongado)*.

IMPEDIDO: *(Extiende su mano hacia Negar)*. ¿Me darás la mano si te lo pido?

NEGAR: Sé que no lo harás.

IMPEDIDO: ¿Y si lo hago?

NEGAR: Así se destruya la isla entera lo haría. Pero no lo harás.

IMPEDIDO: La próxima vez que vengas a verme seré mucho más bajo.

NEGAR: Rezo por que no. *(Silencio prolongado)*.

IMPEDIDO: Espero que después de mi muerte nadie diga lo absurda que fue.

NEGAR: Yo no soy como Paria.

IMPEDIDO: Estoy seguro de que no. Cuando
                esté muerto no habrá nadie para
                pedirte que dejes de llorar.

NEGAR: Me alegro. *(Silencio prolongado)*.

IMPEDIDO: ¿Puedo pedirte algo?

NEGAR: Lo que quieras.

IMPEDIDO: Llora mucho durante mi muerte,
                mucho. Seca todos los árboles de la
                isla con la salinidad de tus lágrimas.

NEGAR: Tiene mi palabra, señor.

Acto III

ESCENA 1

En la casa de Chamán; Impedido es mucho más pequeño, y su voz ha aún más cambiado; se ve muy enfermo.

IMPEDIDO:	No puedo leer bien.
CHAMÁN:	Claro que puedes.
IMPEDIDO:	No me siento bien.
CHAMÁN:	¿Te gusta sobre lo que voy a hablar?
IMPEDIDO:	Ya no hay nada que me guste.
CHAMÁN:	Escucha...
IMPEDIDO:	Cuando era un muchacho nunca me fijé en Negar en el colegio.
CHAMÁN:	Porque tenías que prestar atención al maestro.
IMPEDIDO:	Porque siempre tenía que sentarme delante de la clase y ella siempre estaba detrás de mí.
CHAMÁN:	Porque los buenos alumnos se sienten delante de la clase.
IMPEDIDO:	Porque siempre pensé que sentarme ahí me hacía diferente.

CHAMÁN: Porque tenías que aprenderte las
                 lecciones mejor que nadie.

IMPEDIDO: Porque en aquellos días no entendía
                 que podía pedir cualquier cosa que
                 necesitara.

CHAMÁN: ¿Y si lo supieras?

IMPEDIDO: Si lo supiera me sentaría al final
                 de la clase o en el centro, o en
                 cualquier otro lugar. Así quizá
                 hubiera visto a Negar antes.

CHAMÁN: Ojalá no la hubieras visto nunca.

IMPEDIDO: Negar es una buena chica.

CHAMÁN: *(Enfadado)*. Negar, Negar, Negar.
                 Cuando un hombre se enamora,
                 coloca su amor tan alto que no
                 puede ni alcanzarlo.

IMPEDIDO: Sí, así es.

CHAMÁN: Tú has puesto a Negar por las nubes.

IMPEDIDO: No importa que esté en las nubes
                 o al lado de mi cama. No puedo
                 alcanzarla de todas formas.

CHAMÁN: Tonterías.

IMPEDIDO: ¿Qué?

CHAMÁN:	Esa porquería que te ha hecho sentir así y decir: "Estoy enamorado", "estoy enamorado".
IMPEDIDO:	No son tonterías.
CHAMÁN:	Sí, lo es. Y su origen está entre tu ombligo y tus rodillas.
	No es algo extraño o etéreo.
IMPEDIDO:	Eso no es cierto.
CHAMÁN:	¿Entonces cómo es?
IMPEDIDO:	Es una relación de amor que hace que un impedido encoja. Es en ese tiempo en que más necesita ayuda.
	Seguro que después de mí habrá otro impedido.
CHAMÁN:	Ojalá Impedido hubiera sido enseñado por un buen chamán, no que se volviera loco como tú.
IMPEDIDO:	Ningún chamán puede parar la locura.
CHAMÁN:	Un chamán puede hacer cualquier cosa que queira. Si no me hubieras parado cuando intentaba eliminar tu amor, te habría enseñado cómo tu locura desaparecía.

IMPEDIDO: Ojalá entendieras lo que estoy
              diciendo.

CHAMÁN: Lo entiendo.

IMPEDIDO: Si lo entendieras, no hablarías así.

CHAMÁN: Hablo así porque lo entiendo.

IMPEDIDO: (Grita). No lo entiendes cariño. Solo
              eres un chamán viejo e imbécil que
              solo sabe mofarse de la gente.

CHAMÁN: *(Se enfada de repente; mucho más que
              Impedido)*. No soy un viejo imbécil.
              Entiendo lo que es el amor. Mucho
              antes que tú, idiota. No comí otra
              cosa que galletas durante dieciocho
              años porque estaba enamorado de
              una chica preciosa que ahora se
              ha convertido en una mujer vieja
              y gorda; una mujer vieja y gorda
              que solo llora cuando se siente sola
              por un un chamán viejo e imbécil.
              *(Silencio. Chamán se frota los ojos pero
              no llora)*.

IMPEDIDO: Lo siento, no tenía ni idea.

CHAMÁN: Olvídalo.

IMPEDIDO: ¿C.G.?

CHAMÁN: Ya te he dicho, olvídalo.

IMPEDIDO:	Contéstame.
CHAMÁN:	Sí. Continuemos la lección.
IMPEDIDO:	¿Qué pasó entre vosotros dos?
CHAMÁN:	No es importante.
IMPEDIDO:	Dime.
CHAMÁN:	Se supone que íbamos a casarnos, pero nunca pasó.
IMPEDIDO:	¿Todavía la amas?
CHAMÁN:	Y ella también me ama.
IMPEDIDO:	*(Sorprendido)*. Entonces, ¿qué pasó?
CHAMÁN:	Las cosas fueron…, mal.
IMPEDIDO:	¿No quieres contármelo?
CHAMÁN:	No.
IMPEDIDO:	¿Y si os pido a los dos que volváis a uniros?
CHAMÁN:	Por favor, no me hagas esto.
IMPEDIDO:	Lee mi testamento tras mi muerte.
CHAMÁN:	Hace cuarenta años. Se acabó. No abras viejas heridas.
IMPEDIDO:	Si después de cuarenta años todavía es real, nunca se ha acabado.

CHAMÁN: ¿Quieres que te lo suplique?

IMPEDIDO: No hace falta.

CHAMÁN: Entonces, no vuelvas a hablar nunca más de tu testamento.

IMPEDIDO: No he dicho que fuera a pedirte que te casaras en mi testamento.

CHAMÁN: ¿Entonces qué?

IMPEDIDO: Lo descubrirás cuando leas mi testamento.

ESCENA 2

En casa de C.G.; C.G. está haciendo galletas para ella,
Esposa del amigo y Paria.

C.G.:   Créeme, no era un buen marido.

PARIA: No sé qué decir.

ESPOSA DEL AMIGO: Ella todavía lo ama.

PARIA: Bueno, vivimos tres o cuatro años
                        juntos. Claro que todavía pienso en él.

C.G.:   Bueno, no deberías dejarlo ir.

ESPOSA DEL AMIGO: No la culpes.

C.G.:   ¿Lo echas de menos?

PARIA: Sí. Muchísimo.

C.G.:   *(Feliz)*. Ya veo. Bueno, es suficiente.
                        Olvídalo. No te pongas triste.

PARIA: No lo estoy.

ESPOSA DEL AMIGO: ¿No?

PARIA: No.

ESPOSA DEL AMIGO: ¿Por qué no?

PARIA: Impedido me dijo que no estuviera
                        triste. ¿No recuerdas?

C.G.:   Eso es bueno.

ESPOSA DEL AMIGO: ¿Por qué insistes en que no era
                   bueno para Paria?

C.G.:   *(Sonríe con perspicacia)*. Porque
                         tengo un plan para ella.

ESPOSA DEL AMIGO:*(Sonríe también con perspicacia)*.
                   Ajá, así que tienes un plan para
                   ella...

PARIA: No. No es un buen momento.

C.G.:   Solo tienes que verlo. No hace falta
                         que salgas con él.

PARIA: El hombre al que quería murió por
                         mí, ¿y todavía esperas que me case
                         así de pronto?

C.G.:   Solo he dicho de verlo. Luego ya
                         hablaremos.

*C.G. señala a Esposa del amigo, luego a un hombre
que pasa por la ventana. Esposa del amigo y Paria lo
ven, pero es un desconocido para ambas.*

ESPOSA DEL AMIGO:*(A C.G.)*. ¿El que me enseñaste
                   el otro día?

C.G.:   Sí.

ESPOSA DEL AMIGO: *(A Paria)*. Alto, guapo… Creo
que te gustará.

PARIA: *(Pretende no importarle)*. ¿Quién es él,
por cierto?

ESPOSA DEL AMIGO: *(Sonríe)*. Pillina. Te has fijado
en él.

C.G.:   Estaba caminando solo por la costa
ayer.

PARIA: *(Intentando cambiar el tema)*. En fin,
¿qué noticias tenemos sobre Negar?

C.G.:   Vale, ¿cambiamos el tema?

PARIA: No, lo digo en serio.

C.G.:   Ya sabes toda la historia. Nada
nuevo.

PARIA: ¿No puede hacer algo ella?

ESPOSA DEL AMIGO: No. Ella es peor que Impedido.

PARIA: ¿Por qué?

ESPOSA DEL AMIGO: Cada vez que ve a Impedido
dice que va a morir de placer.

PARIA: El día de la paralización se puso
muy melosa.

ESPOSA DEL AMIGO: Sí, esa chica patilarga se
propuso atraerlo.

PARIA: Yo creo que estaba algo ordinaria.

C.G.:   Yo creo que puedo decir
tranquilamente que vosotras
también fuisteis así antes.

PARIA: *(Sonríe timidamente)*. Bueno, ¿qué
podía hacer?

C.G.:   Llevas razón. Tuviste suerte de que
no fuera tu turbno.

PARIA: Ojalá hubiera parado la ceremonia
después del turno de Negar.

C.G.:   Cuando se dio cuenta de que la
paralización no funcionaba detuvo
la ceremonia para no herir a su
querida Negar.

ESPOSA DEL AMIGO: ¿Lo dices en serio? ¿De
verdad?

PARIA: Está volviéndose más pequeño cada
día por ella. ¿No lo ves?

C.G.:   Tenemos que hacer algo con Negar.
No tendría que ser así.

PARIA: Estoy de acuerdo.

ESPOSA DEL AMIGO: ¿Por qué? No es su culpa, de
todos modos.

C.G.:   No sé qué decir.

ESCENA 3

En casa de Chamán. Se ven accesorios de magia y brujería por toda la habitación. Negar está atada a una silla parece adormecida. Los movimientos de Chamán son demoniacos.

CHAMÁN: Te dije que podía llegar a esto.

NEGAR: *(No quiere hablar).* No puedo hacer nada.

CHAMÁN: Ahora Impedido se ha vuelto pequeño.

NEGAR: ¿No puedes hacer algo con todos tus poderes? Si no puedes, ¿Qué podría hacer yo?

CHAMÁN: Cuando viniste aquí no creías que yo pudiera hacerte esto, ¿verdad?

NEGAR: No.

CHAMÁN: Dile a ese amante estúpido tuyo que no me llame viejo imbécil.

NEGAR: Lo haré, lo haré.

CHAMÁN: Dile que mató con un movimiento de mano.

Mueve su mano y Negar muere. Silencio.

Y después me resucitó con otro
movimiento.

Mueve su mano de nuevo y Negar vuelve a la vida.

NEGAR: *(Llorando)*. Has dicho eso mil veces.
                    Créeme, yo se lo diré.

CHAMÁN: Dile que he hecho esto desde hace
                    muchos años.

NEGAR: He dicho que lo haré. Déjame ir,
                    Chamán. Por favor.

CHAMÁN: Impedido va a morirse en pocos
                    días, ¿entiendes?

NEGAR: *(Enfadada y llorando)*. Te lo dije, no
                    lo aceptaría.

CHAMÁN: No me alces la voz.

NEGAR: *(Enfadada)*. Se lo diré. Le diré qué
                    me hiciste. Ya verás.

CHAMÁN: Cállate. *(Mueve sus manos y Negar
                    muere dolorosamente)*.

                    ¿Quieres que no te traiga de vuelta
                    la próxima vez, eh? ¿Te gustaría
                    quedarte así, muerta? *(Mueve su
                    mano y Negar vuelve de nuevo a la
                    vida)*.

NEGAR: *(Riendo)*. Así me hagas esto otras mil veces no haré nada por ti.

CHAMÁN: *(Sorprendido)*. ¿Qué?

NEGAR: ¿Sabes qué? Puedo hacer algo que le forzará a olvidarse de mi amor. Pero no lo haré, no lo haré.

CHAMÁN: *(Gritando)*. ¡Calla!

NEGAR: Porque lo amo. Estoy enamorada de él.

CHAMÁN: *(Intentando parecer indiferente)*. No puedes hacer nada, zorra.

NEGAR: Una "zorra" es la que prefiere a un borrachuzo antes que a su propio hombre; una triste noche en lugar de diecioche años. Impedido me ha contado todo. Te has divertido, ¿eh?

Chamán está sorprendido. Mira fijamente a Negar, se deja caer al suelo y empieza a llorar.

CHAMÁN: Sabía que te lo diría. Negar, te ruego que no le digas esto a nadie.

NEGAR: Me lo dijo porque quería ayudarte.

CHAMÁN: Si quisiera ayudarme, simplemente le habría preguntado a C.G.

NEGAR: Él no quería que fuera así.

CHAMÁN: Negar, te rugo que no digas nada a
                  nadie.

NEGAR: En esta última hora me has matado
                  y resucitado al menos cinco veces.
                  Ahora, mírate. ¿Dónde está tu poder,
                  viejo chamán imbécil?

CHAMÁN: Hay momentos en los que hasta un
                  chamán se desmorona.

NEGAR: *(Intentando herir a Chamán).* Tanto
                  se viene abajo que después de
                  cuarenta años regresa a su amor del
                  pasado y le suplica que vuelva con
                  él, pero ella lo ignora.

CHAMÁN: ¿Cómo sabes eso?

NEGAR: Recuerda que soy la amante de
                  Impedido.

CHAMÁN: *(Gritando).* Zorra. *(Mueve su mano y
                  Negar muere).*

ESCENA 4

En casa de Amigo. Amigo y su esposa están cocinando.

AMIGO: Suficiente. Para.

ESPOSA DEL AMIGO: No he dicho nada.

AMIGO: Bueno, da igual.

ESPOSA DEL AMIGO: Solo que...

AMIGO: *(La interrumpe).* He dicho que es del
                    pasado y que no importa. No quiero
                    hablar de ello.

ESPOSA DEL AMIGO: Está bien, cariño.

AMIGO: No quiero ni pensar en eso.

ESPOSA DEL AMIGO: He dicho que está bien. No
                    seguiré.

AMIGO: No sigas. Quiero olvidarlo.

ESPOSA DEL AMIGO: Está bien. Cualquier cosa que
                    desees.

AMIGO: Bien.

ESPOSA DEL AMIGO: ¿Sabes? Es muy bueno
                    que estemos haciendo todo por
                    Impedido por nuestra propia cuenta.

AMIGO: Le gente es superficial. Desde que
                          Impedido empezó a encoger ya
                          nadie haca nada por él.

ESPOSA DEL AMIGO: No sé, pero la gente de la isla
                          no parece estar normal. Algo les
                          pasa.

AMIGO: ¿Qué les pasa?

ESPOSA DEL AMIGO: Chamán ha casi desaparecido.
                          Estos días rara vez lo vemos por
                          aquí. No lo he visto en absoluto en
                          los últimos cuatro o cinco días.

AMIGO: Sí. No sé adónde se ha ido.

ESPOSA DEL AMIGO: Seguramente ha estado
                          trabajando en alguna nueva magia.

AMIGO: Tal vez esté haciendo un nuevo
                          hechizo para Impedido.

ESPOSA DEL AMIGO: No lo creo, porque Impedido
                          le pidió que le ayudara a frenar su
                          encogimiento.

AMIGO: Bien.

ESPOSA DEL AMIGO: C.G. no habla en absoluto. No
                          sé por qué se ha puesto tan triste de
                          repente.

AMIGO: Déja que hagan lo que quieran.
                  Cuando Impedido estaba sano
                  siempre le llevaban comida y se
                  congraciaban ante él. Pero ahora
                  todo el mundo se ha ido.

ESPOSA DEL AMIGO: No creo. Algo les ha pasado.

AMIGO: Chamán y C.G. tienen problemas, ¿y
                  los demás?

ESPOSA DEL AMIGO: ¿A quién te refieres?

AMIGO: ¿Qué hay de Paria?

ESPOSA DEL AMIGO: No menciones su nombre. No
                  me gusta ni un pelo.

AMIGO: ¿Por qué? ¿Ha pasado algo?

ESPOSA DEL AMIGO: Solo que no me gusta.

AMIGO: ¿Por qué?

ESPOSA DEL AMIGO: Ha estado viéndose con un
                  chico y se ha enamorado. C.G. se lo
                  presentó.

AMIGO: Despreocúpate. No es asunto tuyo.

ESPOSA DEL AMIGO: ¿Le has preguntado a
                  Impedido si está contento con las
                  comidas?

AMIGO: ¿A quién no le gustan tus comidas?

ESPOSA DEL AMIGO: *(Sonriendo)*. Gracias. ¿No ha preguntado por algo especial?

AMIGO: No. Está contento. Solo pidió menos lima.

ESPOSA DEL AMIGO: Pero si fue él quien me pidió echar lima a la comida.

AMIGO: Y no se equivoca. Tú le echas lima a todo lo que cocinas: sopa, chuletas, barbacoa…

ESPOSA DEL AMIGO: Vale, no lo haré más. ¿Nadie más ha ido a verle?

AMIGO: Sí, alguna gente estuvo allí ayer. No sabes la alegría que me dio cuando dijo que yo era el único que podía traerle comida.

ESPOSA DEL AMIGO: Ojalá hubiera estado allí también.

AMIGO: Pero luego arruinó el momento. Después de que la gente se fuera dijo que estaba enfermo y que no quería comer platos "diferentes".

ESPOSA DEL AMIGO: A lo mejor no quiere herir a Chamán y al resto.

AMIGO: Tal vez. Date prisa. Tengo que irme.

ESPOSA DEL AMIGO: Ya casi está. Estará lista mientras te vistes.

ESCENA 5

En casa de Impedido; Impedido se ha convertido en una criatura de 30 centímetros guardada en una urna de cristal y que difícilmente puede hablar.

IMPEDIDO:	Ya no puedo peinarme.
NEGAR:	Olvídalo. Está bonito tal y como está.
IMPEDIDO:	Casi no puedo respirar. Mi garganta está seca.
NEGAR:	¿Quieres un poco de agua?
IMPEDIDO:	Me duele el hombro derecho.
NEGAR:	¿Qué puedo hacer?
IMPEDIDO:	Quiero salir de esta urna de cristal.
NEGAR:	¿Te saco?
IMPEDIDO:	Sí. Sácame de esta urna.
NEGAR:	*(Duda)*. Bueno... Entonces tendré que cogerte la mano.
IMPEDIDO:	Pero no podemos.
NEGAR:	¿Puedo hacer alguna otra cosa entonces?
IMPEDIDO:	¿Estás triste de que esté muriéndome?

NEGAR: No.

IMPEDIDO: ¿No?

NEGAR: Todavía estás vivo, y a mi lado, y hablándome. ¿Por qué debería estar triste?

IMPEDIDO: ¿No estoy horrible?

NEGAR: *(Sonríe)*. Creo que no estás bien.

IMPEDIDO: Estoy bien ahora.

NEGAR: Bien.

IMPEDIDO: No te olvides de llorar por mí cuando me haya ido.

NEGAR: *(Riendo)*. Créeme. Daré lo mejor de mí por ti. Lloraré tanto hasta quedar inconsciente. ¿Está bien?

IMPEDIDO: Perfecto.

NEGAR: Pues ponte contento. Ríe.

IMPEDIDO: No puedo.

NEGAR: Ríe. Por favor.

IMPEDIDO: Soy un impedido de treinta centímetros que está muriéndose. ¿Tú crees que puedo reirme?

NEGAR: Sí, puedes. Ríe por el bien de Negar.

Impedido da una risotada. Negar se ríe.

NEGAR:	*(Riéndose)*. ¿Qué ha sido eso?
IMPEDIDO:	Una risa.
NEGAR:	Muy graciosa.
IMPEDIDO:	He escrito un testamento y lo he escondido debajo de mi cama. Después de que muera, cógela y léela a la gente.
NEGAR:	¿Puedo leerla ahora?
IMPEDIDO:	No. Todavía estoy vivo. Léelo después de mi muerte.
NEGAR:	Está bien entonces. ¿Qué has escrito en él?
IMPEDIDO:	No es tan importante. Solo recuerda: léelo en presencia de Chamán.
NEGAR:	Por supuesto.
IMPEDIDO:	Que sepas que he escrito algunas cosas sobre él y C.G.
NEGAR:	No le hablo a Chamán. Asegúrate de que venga ese día.
IMPEDIDO:	¿Por qué no le hablas?
NEGAR:	No merece tu favor.

IMPEDIDO: ¿Cómo sabes que quiero hacerle un
favor?

NEGAR: Cuando has hablado de él y de C.G.
es obcvio que vas a hacerle un favor.

IMPEDIDO: No he dicho lo que he escrito, ¿no?

NEGAR: Merece cualquier cosa mala que le
hagas.

IMPEDIDO: No es ni bueno ni malo.

NEGAR: ¿Entonces qué es?

IMPEDIDO: ¿Por qué no le hablas a Chamán?

NEGAR: Porque estaba intentando hacer
algo que haría que te olvidaras de
mi amor.

IMPEDIDO: ¿Te hizo daño?

NEGAR: Muchísimo.

IMPEDIDO: No quiero exigirte nada, es solo una
pregunta.

¿Podrías perdonarlo si te lo pido?

NEGAR: ¿Crees que sería de otra manera si
lo preguntas?

IMPEDIDO: Todavía no te he preguntado nada.

NEGAR: Cualquier cosa que sea. Lo haré,
                señor.

IMPEDIDO: Pues, perdónalo, por mí.

NEGAR: Está bien. *(Silencio)*. No me mires así.

IMPEDIDO: Estoy a punto de morirme. ¿Cómo
                voy a mirarte?

NEGAR: De cualquier forma menos así.

IMPEDIDO: ¿Cómo así?

NEGAR: Desesperado.

IMPEDIDO: ¿No tendría que ser así?

NEGAR: No.

IMPEDIDO: *(Sonríe)*. Siempre mira a la gente
                desesperadamente cuando estoy
                desesperado.

NEGAR: Ten algo de esperanza.

IMPEDIDO: ¿Cómo? Estaré muerto en unos días.

NEGAR: Yo tengo esperanzas.

IMPEDIDO: ¿De verdad?

NEGAR: Sí.

IMPEDIDO: ¿Por qué?

NEGAR: Estoy pensando que si te vuelves
                        mucho más pequeño, no quedará
                        nada de ti. Tal vez renazcas como
                        el ave fénix. O a lo mejor a través
                        del encogimiento, de repente te
                        conviertes en otra cosa, como en un
                        cisne, quizás. Así puedo tenerte de
                        nuevo para mí.

IMPEDIDO: ¿Qué harías con un cisne?

NEGAR: No importa. Serías tú.

IMPEDIDO: Déjame decirte. No renaceré como
                        un fénix. No me convertiré en un
                        cisne. Me volveré más pequeño,
                        incluso más pequeño que ahora, y
                        luego un día, no quedará nada de
                        mí. Ese día estaré muerto.

ESCENA 6

En el mismo lugar de la primera escena. Hay un funeral, y todos están presentes excepto Impedido. Todos visten de negro y están comiendo. Paria está junto a su nuevo marido.

AMIGO: Gran Chamán, ¿qué debemos hacer ahora?

CHAMÁN: Realmente no lo sé.

C.G.:   ¿Quién más iría a saberlo sino Chamán?

CHAMÁN: En cualquier funeral en el que he estado ha habido un cadáver. Esta es la primera vez que estoy en una situación así.

NEGAR: No es importante lo qué hacer. Es suficiente que hayas venido a rendir homenaje a Impedido.

CHAMÁN: No hay otra manera.

ESPOSA DEL AMIGO: *(Llorando)*. ¿Esto es todo? ¿Ahora nos vamos a casa y ya está? ¿Esto es todo lo que podíamos hacer por Impedido?

AMIGO: No podemos hacer nada más, cariño. Todos hicimos lo que pudimos.

ESPOSA DEL AMIGO: ¿Qué hiciste tú, por ejemplo?

C.G.:   Estoy de acuerdo con ella. Creo que
                    deberíamos hacer algo más.

AMIGO: También estoy de acuerdo.

CHAMÁN: Yo también

PARIA: Y nosotros también.

C.G.:   Haré unas galletas y las repartiré
                    entre las gente por él.

CHAMÁN: Y yo intentaré encontrar un rito
                    especial para impedidos.

AMIGO: Hemos decidido llevarnos a Negar
                    de vacaciones para alegrar el alma
                    de Impedido y alejar a Negar de esta
                    triste situación. Solo si Negar acepta,
                    por supuesto.

NEGAR: No, ahora no es buen momento.

AMIGO: ¿Por qué no? Será divertido.

ESPOSA DEL AMIGO: Tiene razón.

NEGAR: ¿Y sí lo discutimos más tarde?

AMIGO: Estoy de acuerdo.

PARIA: *(Señalándose a sí misma y a su nuevo esposo)*. Hemos decidido posponer nuestro matrimonio siete meses en respeto a la muerte de Impedido.

CHAMÁN: *(Sarcásticamente)*. Es muy considerado de tu parte.

Bueno, creo que es hora de que leamos el testamento de Impedido.

C.G.:   Estoy de acuerdo.

PARIA: ¿No queréis esperar unos días?

ESPOSA DEL AMIGO: Mira quién habla.

PARIA: ¿Qué he hecho yo?

ESPOSA DEL AMIGO: Nada.

PARIA: ¿Es casarse algo malo?

ESPOSA DEL AMIGO: No está mal, pero no tan pronto.

PARIA: Acabo de decirlo, lo he aplazado.

ESPOSA DEL AMIGO: No quiero tener nada que ver con tu matrimonio. Solo deja que sea un tiempo después.

PARIA: Hace ocho años, cuando tú...

C.G.:	*(La interrumpe)*. Paria, ya basta. No es un buen momento. Y estoy hablando con vosotros dos.
CHAMÁN:	Tiene razón. Es tiempo de leer las últimas voluntades de Impedido.
AMIGO:	¿Dónde está el testamento?
CHAMÁN:	No sé.
C.G.:	Yo tampoco lo tengo.
PARIA:	No esperarás que yo lo sepa, ¿no?
AMIGO:	¿Negar?
NEGAR:	*(Ha estado dispersa y callada. Se sobresalta)*. ¿Qué?
AMIGO:	¿Sabes algo del testamento?
NEGAR:	¿El testamento? ¿Por qué?
CHAMÁN:	Necesitamos leerlo.
NEGAR:	Los testamentos se leen después de la muerte de la gente…
AMIGO:	¿Qué pasa contigo?
NEGAR:	Nada. Estaba perdida en mis pensamientos.
CHAMÁN:	¿Y qué has concluido?

NEGAR: Una cosa.

C.G.:   Pues, dinos.

NEGAR: Ayer por la mañana cuando fui a
                    casa de Impedido no estaba en su
                    urna. Pensé que tal vez había estado
                    durmiendo en su cama. Quité su
                    manta, pero tampoco estaba allí.
                    Busqué por todas partes. No estaba
                    en ninguna parte donde pudiera ser
                    encontrado.

CHAMÁN: ¿Entonces?

NEGAR: Únicamente no estaba allí. ¿Puede
                    alguien probar que está realmente
                    muerto?

ESPOSA DEL AMIGO: Estoy de acuerdo con ella.
                    (Todos miran a Esposa del amigo).

CHAMÁN: Impedido iba a hacerse cada
                    vez más pequeño, tanto que no
                    quedaría nada de él. Nos dijo que
                    para entonces estaría muerto.

NEGAR: Cuando bebía zumo de granada
                    perdía el pelo. Cuando tomaba
                    nata, su cabello volvía a crecer, y le
                    sucedían otras mil cosas extrañas.
                    Nunca fue predecible. ¿Estoy en lo
                    cierto?

CHAMÁN: ¿Adónde quieres llegar?

NEGAR: Tal vez nos sorprenda una vez
                 más. A lo mejor se ha ido, y no está
                 muerto.

CHAMÁN: De todos modos, deberíamos leer el
                 testamento ahora.

NEGAR: Pues bueno, yo tengo el testamento
                 y no voy a dárselo a nadie.

C.G.:   No puedes hacer eso.

NEGAR: Sí puedo. Y me atendré a las
                 consecuencias. ¿No es así, Chamán?

CHAMÁN: Te has vuelto loca.

NEGAR: Creo que todavía está vivo, solo ha
                 abandonado esta isla. Tal vez se haya
                 ido a otra isla.

TELÓN

Lecturas recomendadas

Grandes obras de la poesía ghazal persa:
Divan-e-Hafez,
Rumi; Maṯnawīye Maʾnawī (pareados espirituales),
Dīwān-e Kabīr

Saadi; Bustán y Golestán
Attar; Dīwān, Manṭiq-uṭ-Ṭayr, también conocido
como Ma- qāmāt-uṭṬ-Ṭuyūr. (Una historia sobre el
enamoramiento de los pájaros).